Lachen • Weinen • Leben

...einen Schritt zurück nach vorn

Dirk Schuhmacher - Edition 1
Erstausgabe

AF211248

© Dirk Schuhmacher 1998 - 2000
ISBN siehe Buchumschlag

Danke

Ich danke meinen Freunden, die mir Kraft gegeben und mich

ermutigt haben, dieses Buch zu schreiben...

Vorwort

Dort, wo du jetzt stehst, wird wohl in spätestens 100 Jahren ein Bagger alles dem Erdboden gleich gemacht haben. Alles, was dir heute wichtig ist - dein Auto, dein Haus, dein Garten, deine Möbel, deine Klamotten, deine Bücher- wird es mit großer Wahrscheinlichkeit dann nicht mehr geben. Vielleicht hast du Glück, und ein kleiner Teil von deinem Besitz wird in einem Museum aufbewahrt...

"Wie kannst du nur so negativ denken ?", fragte mich ein Freund, als ich ihm von meinen Gedanken zu Besitz und Eigentum erzählte.
Der Gedanke, nichts mitnehmen zu können, macht mich nicht betroffen, gibt mir heute sogar Kraft für ein noch bewußteres Leben. Die Tatsache, daß von meinen materiellen *Schätzen* nichts bleiben wird, macht mir bewußt, wie sinnlos es ist, mein Tun dem bloßen Anhäufen von Gütern zu widmen. Diese Einstellung zwingt mich nicht dazu, besitzlos zu bleiben oder materielle Wünsche zu verteufeln, vielmehr hilft sie mir, den Punkt zu finden, an dem ich zufrieden leben kann; ein Leben, in dem ich Zeit habe für meine Wünsche und Sehnsüchte, für meine Gefühle und Gedanken.

Die wirklich großen Dinge kosten kein Geld. So sind z.B. Liebe und Freundschaft nicht käuflich, sie werden mir geschenkt.
Warum wollen wir trotzdem immer mehr ? Vielleicht weil wir das Mehr dann sehen und zeigen können... Dabei ist das eigentlich Kostbare für die Augen unsichtbar.
Jemand hat einmal geschrieben "Das Lachen eines Kindes und einem alten Mann zuzuhören, das sind die eigentlich großen Dinge des Lebens".

12.09.1999

Inhaltsverzeichnis

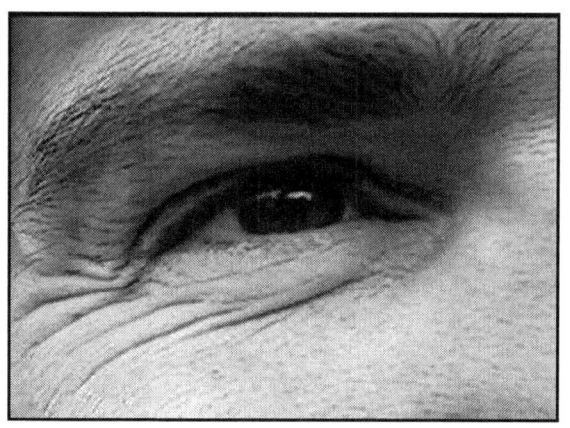

Einen Schritt zurück nach vorn

Ich kann sie wieder sehen, die Menschen in meiner Nähe und die Rosen vor meinem Fenster.

Ich kann mich wieder freuen über kleine Aufmerksamkeiten und ein Dankeschön, das aus dem Herzen kommt.

Ich kann sie wieder spüren, die Kraft, die in meinem Körper ruht. Ich kann sie wieder ahnen, die Fähigkeiten, die noch in mir liegen.

Ich kann sie wieder ertragen, die Stille. Ich kann ihn wieder genießen, den ewig langen Blick aus meinem Küchenfenster.

Ich kann wieder hören, wie mein Gefühl zu mir spricht. Ich kann sie wieder aushalten, die Ungeduld und die Angst vor dem Neuen und Unbekannten.

Ich kann wieder spielen, singen und blödeln und mich dabei richtig gut fühlen. Ich kann wieder aus dem Herzen lachen und weinen.

Ich kann dir, meiner Zukunft, wieder vertrauen. Ich kann... wieder lieben.

21.12.1998

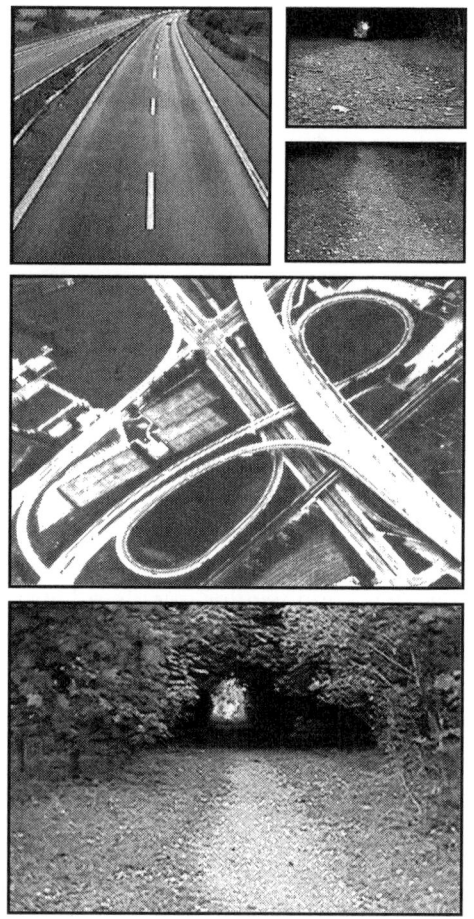

Der Mensch mit seinen Möglichkeiten

Vor einiger Zeit habe ich eine Beobachtung gemacht und daraus eine provokante These entwickelt:

*"DER MENSCH MIT MÖGLICHKEITEN IST OFT UNFREIER ALS DER,
DER KEINE HAT"*

Zunächst habe ich in dieser These einen Widerspruch gesehen, gilt doch der Mensch mit Möglichkeiten in unserer Gesellschaft als Gewinner. Ihm gegenüber steht der Mensch ohne Möglichkeiten (z.B. mangelnde Qualifikation, kein Geld etc.), der in unserer Gesellschaft gerne mit dem Wort Verlierer betitelt wird.

Dennoch behaupte ich, hat der Mensch ohne Möglichkeiten in der Summe nicht selten mehr Zufriedenheit in seinem Leben, obwohl er sich im Vergleich zu den Menschen mit Möglichkeiten meist selbst als Verlierer sieht.
Sein Status schafft ihm im positiven Sinne die Voraussetzung für ein zufriedenes Leben. Sein nachweisbar vorhandener Mangel an Möglichkeiten nimmt ihm das Schuldgefühl, irgend etwas versäumt oder nicht genutzt zu haben.

Der Mensch mit Möglichkeiten ist nur vordergründig freier. So kann ein Mensch mit z.B. großen finanziellen Möglichkeiten sich zwar alles kaufen und beinahe jeden Ort der Welt bereisen (vielleicht sogar dort leben), wird aber oft gequält durch die Fülle der ihm offenstehenden Möglichkeiten, die ihm eine Entscheidung abverlangen, dieses noch verbunden mit dem Anspruch, die richtige zu treffen.

Dazu gesellt sich gerne noch ein Gefühl der Leere und Antriebslosigkeit: "Wofür soll ich vollen persönlichen Einsatz bringen, wenn mir doch schon viele einfache Wege offenstehen ?".

So quält ihn oft seine ihm bewußte Unfähigkeit, sich dauerhaft für einen Weg zu entscheiden, die Energie gezielt auf einen Punkt zu lenken. Der Mensch mit ausreichend finanziellen Möglichkeiten wird zudem niemals gezwungen sein, sich voll für etwas einzusetzen, nie das Glücksgefühl erleben, eine existenzbedrohende Situation gemeistert zu haben.

Dennoch würde der Mensch, der täglich um seine Existenz kämpfen muß, wohl entgegnen "Sei froh, daß du das nicht mußt, es ist etwas, worauf ich gut verzichten könnte".

Vielleicht würden sich viele Menschen ein Leben voller Möglichkeiten nicht wünschen, wenn sie die Zugabe kennen würden, von der nicht oft gesprochen wird...

Manchmal entdecken Menschen, daß sie für einen Großteil ihrer Möglichkeiten selbst verantwortlich sind, ihr Schicksal kein Schicksal ist. So wird aus einem Menschen ohne Möglichkeiten auch ab und an mal ein Mensch mit Möglichkeiten.

Am Schluß (wann ist eigentlich Schluß ?) bleibt die Frage, ob der sich verändernde Mensch mit seinen neu hinzu gewonnenen Möglichkeiten glücklicher geworden ist, als er es vorher vielleicht war...

14.06.1999

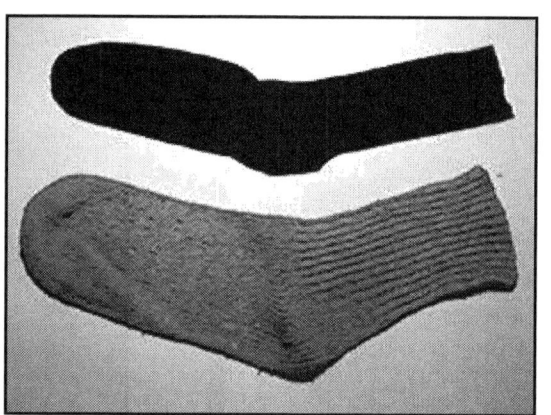

Auf gute Nachbarschaft

Eines Tages mußte es ja mal passieren, daß Solche auch in dein Haus einziehen.

Man weiß ja wie die sind, die Zeitungen sind voll davon.

Schon als du ihr Auto gesehen hast, war für dich alles klar. Alleine schon wie sie sich kleiden- furchtbar.

Im Nachbarhaus wohnen jetzt auch schon welche, dort wurden letzte Woche zwei Fahrräder geklaut.

Heute morgen sprang dein Auto nicht an. Sie sahen dich, kamen herunter und brachten es wieder zum laufen.

Du wolltest sie bezahlen, doch sie lehnten dein Geld ab, reichten dir ihre Hand, freuten sich und sagten

"Auf gute Nachbarschaft".

27.12.1998

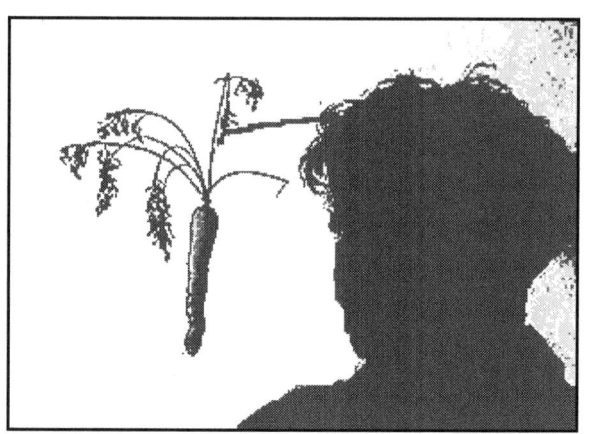

Domino

Arbeiter	Sportverein	Mietwohnung

Doppelhaus-hälfte
Segelboot
Abteilungs-leiter

Manager
Villa
Herzinfarkt Plötzlich, und für uns alle unfaßbar...

Ich heiße *Schuhmacher, Dirk*
bin geboren am *9.2.1966* *12⁰⁰*
mein Geburtsgewicht *3750* g
mein Entlassungsgewicht *3720* g
ich bin *54* cm groß
Zimmer Nr. *2*

MILUPA

Das Leben ist Kampf

Du sagst, das Leben ist Kampf, und man muß sich holen was einem zusteht, damit man nicht auf der Strecke bleibt.

Ich denke über Deine Worte lange nach und fange an zu verstehen, warum ich deine Gedanken nicht teilen kann.

Ein Blatt, auf dem steht was mir zusteht, habe ich niemals bekommen.

27.12.1998

Glücksrausch

Mit einem kleinen Stück Pizza

oder

wenn du mich in den Arm nimmst

oder vielleicht auch mal

in der Badewanne

kann ich ihn erleben, den Glücksrausch...

...Sekunden tiefes Glück.

25.05.1999

Du verwechselst

Gier	... mit Strebsamkeit
Macht	... mit Anerkennung
Sex	... mit Liebe
Kontakte	... mit Freundschaften
Aussehen	... mit Schönheit
Besitz	... mit Glück
+	... mit -

Paß auf deine Batterie auf

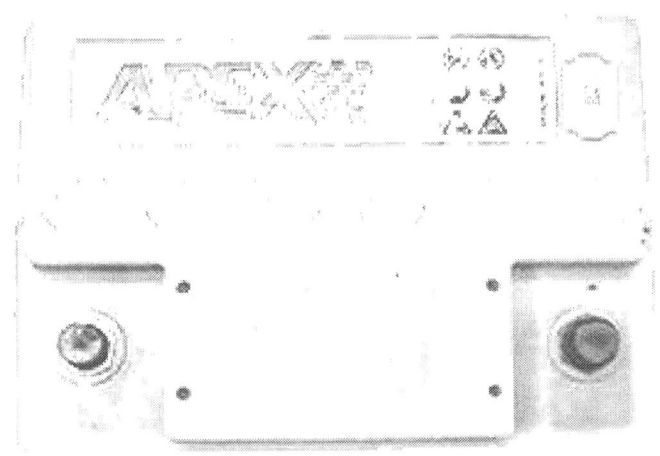

21.12.1998

Da kann ich gut drauf verzichten

Nein, da kann ich gut drauf verzichten.
Ich brauch' sie nicht, die Statussymbole und die Trends,
ich könnte jederzeit auch ohne.

Nachdem ich das gesagt habe, schau' ich auf meine Esprit Uhr,
ziehe mein BOSS Sakko über
und rausche mit meinem BMW davon.

27.05.1999

Eigene Erfahrungen

Die ganze Entwicklung ging ja schon in diese Richtung, für dich war das Ergebnis von Anfang an klar.

In einer ähnlichen Sache hast du das ganze schon mal erlebt, für dich war der Lauf der Dinge absehbar.

O.K., du hast es gewußt, hätte man dich gefragt, du hättest es ihnen schon vorher sagen können.

Hätte man auf dich gehört, hätte man sich viel Zeit und Arbeit sparen können, du hast gewußt, wie das endet.

Weißt du, warum sie dich nicht gefragt haben ?

23.12.1998

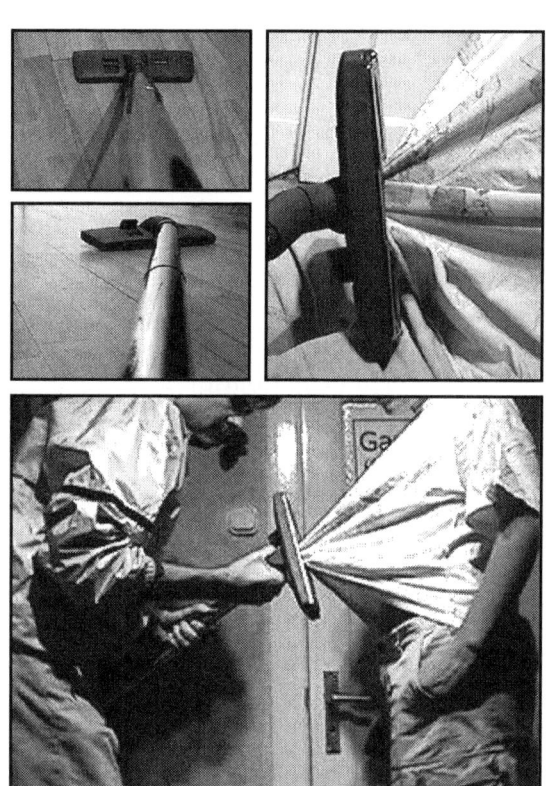

Danke für das Gespräch

Selbsterfahrung und persönliche Weiterentwicklung stehen bei dir hoch im Kurs.

Du gehst zu meditativen Workshops und liest Bücher über Tantrische Sexualmagie.

Du zeigst mir meine Defizite auf und machst mir mein Fehlverhalten bewußt.

Du erklärst mir, wie meine unterdrückten Kindheitserlebnisse mich und meine Weiterentwicklung hemmen, zeigst mir, wie weit du schon gekommen bist auf deinem Weg.

Du fragst mich, wie's mir geht, was mich bewegt und was ich so fühle. Du hörst mir aktiv zu, spiegelst meine Körpersprache, deine Lippen sprechen mir therapeutisch nach.

Du sagst, daß du es total spannend findest, was ich dir erzähle, und gibst mir ein ehrliches Feedback.

Du sagst mir, wie es auf dich wirkt und wie meine Worte dich ein Stück weit tief berühren.

Du bedankst dich für das Gespräch und ich frage mich: "Welches Gespräch ?"

Ich fühle mich von dir seziert und ausgesaugt, du Arschloch !

02.02.1999

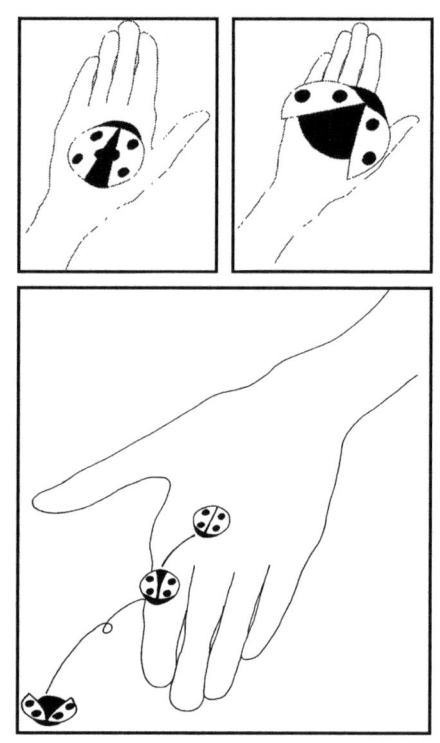

Wir bleiben Freunde

Das Thema hast du längst abgehakt, gefühlsmäßig bist du mit ihr schon lange durch- ihr seid jetzt nur noch *gute Freunde*.

Wenn du nicht schlafen kannst, fährst du um ihr Haus, wünschst, ihr zufällig zu begegnen und hoffst, daß es niemals passiert.

Zu deinem Geburtstag ruft sie dich noch immer an, klar, ihr seid ja *gute Freunde*. Für 5 Minuten ist es dann wie früher- für dich das schönste Geschenk.

Deine Einsamkeit teilst du mit Fotos und Erinnerungen an eure gemeinsame Zeit. Oft bist du so in dir versunken, daß du deine Tränen nicht bemerkst.

Die Zeit zurückzudrehen, es besser zu machen, mehr Zeit für sie zu haben, alles noch einmal zu erleben, ist dein sehnlichster Wunsch, von dem du weißt, daß er unerfüllbar bleiben wird. Und doch klammerst du dich an das letzte Stück Hoffnung, das dir geblieben ist.

Oft siehst du sie mit ihrem neuen Freund. Du biederst dich an, versuchst seine Freundschaft zu gewinnen, um öfter in ihrer Nähe zu sein. Du bist zerrissen von deinen Gefühlen. So gerne würdest du ihr sagen, was du noch für sie empfindest, und weißt dabei genau, daß du sie dann ganz verlieren wirst.

So leidest du, bis der Tag kommt, an dem eine neue Liebe stärker ist als sie, ein Tag, den du dir sehnlich wünschst, von dem du aber nicht weißt, ob du ihn je erleben willst.

20.12.1998

Erst dann

Erst dann, wenn du in der Lage bist, eine Maschine zu bauen...

...mit einer bis zu 110 Jahre wartungsfrei laufenden Kraftstoff-pumpe,

...mit einem sich selbst weiter programmierenden Betriebssystem,

...mit einem Antrieb, der gleicher-maßen Steaks, Bananen oder Pommes Frites verarbeiten kann,

...die malen, musizieren, spielen, weinen, lachen und lieben kann...

...bin ich bereit, meinen Glauben an die Schöpfung in Frage zu stellen.

10.05.1999

Freund Vater Gott ?

Wenn ich mich einsam fühle, bist du für mich da
...oder ganz weit weg.

Wenn ich Sorgen habe, hörst du mir zu
...oder redest mir herein.

Wenn ich deine Hilfe brauche, packst du kräftig mit an
...oder machst dich aus dem Staub.

Wenn ich niemanden sehen kann, läßt du mich in Ruhe
...oder quälst mich mit deinen Gedanken.

Wenn ich nicht mehr weiter weiß, zeigst du mir neue Wege
...oder läßt mich im Stich.

Wenn ich glücklich bin, teilst du meine Freude
...oder lädst mir neue Sorgen auf.

Was soll ich von dir halten ?

28.12.1998

Menschlich

Broker rechnen auf den zehntel Pfennig
... kaufen am Wochenende ihr Bier bei der Tankstelle

Chirurgen verpflanzen Organe
... schneiden sich morgens mit ihrem Rasierapparat.

Piloten starten und landen Flugzeuge
... fahren nachmittags parkende Autos an

Konstrukteure entwickeln Computer
... scheitern abends an der Bedienungsanleitung für Ihren Radiowecker.

Psychologen therapieren Menschen
... stehen abends wortlos vor ihrer Traumfrau

Polizisten verteilen Strafzettel
... werden nachts betrunken am Steuer erwischt

Sportler trainieren hart
... rauchen in den Pausen wie ein Schlot

Menschen lieben ihren Planeten
...

10.05.1999

Fernsehen

Sie zeigen dir, wie du dich kleiden mußt, um angesagt zu sein, schenken dir den Duft, der dich erfolgreich macht. Sie entführen dich in eine Welt aus Glanz und Glitter und geben dir das Gefühl, dabei zu sein.

Sie versprechen dir Glück, wenn du kaufst, was sie dir anbieten. Sie helfen dir mit einem Kredit, damit du an der vollkommenen Welt teilhaben kannst.
Sie geben dir dein neues Auto und deinen Traumurlaub zu gleicher Zeit und versprechen dir, daß dein Partner dich wieder liebt, wenn du tust was sie dir zeigen.

Sie helfen dir auch in den kleinen Dingen, zeigen dir, wie deine Zähne weiß strahlen und deine Wäsche traumhaft duftet.
Sie beruhigen dich, nehmen dir deine schlechten Gefühle und haben Verständnis für deine Sorgen und Schwächen. Sie bieten dir Weinbrand zum Abschalten und geben dir die notwendigen Rauchervitamine zurück. Sie wissen, was deine Liebsten mögen und sorgen für den Glanz in deinem Zuhause.

Sie begleiten dich jetzt jeden Tag, schon seitdem du Kind bist. Sie wiederholen täglich, damit du nicht vergißt. Sie haben geschafft, daß du ohne sie nicht mehr leben kannst, sie sind Teil von dir geworden.

Jetzt denken sie schon für dich, geben dir eine Meinung. Du bist dankbar für das, was du von ihnen bekommst, und kannst schon lange nicht mehr erkennen, daß sie dir auch etwas genommen haben- dich.

21.12.1998

Das Modell der staatlich beaufsichtigten Zerstörung

1. Grafik (Ausgangssituation)

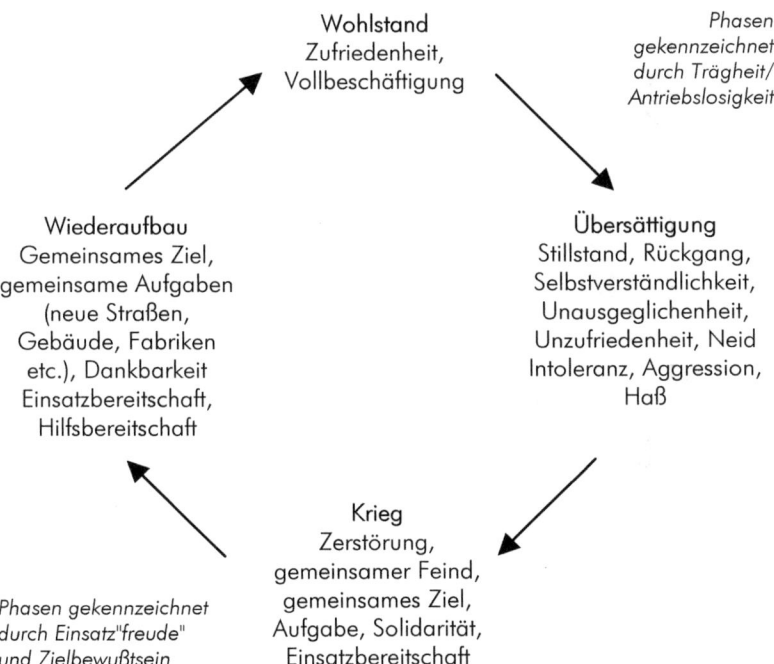

Wohlstand
Zufriedenheit,
Vollbeschäftigung

*Phasen
gekennzeichnet
durch Trägheit/
Antriebslosigkeit*

Wiederaufbau
Gemeinsames Ziel,
gemeinsame Aufgaben
(neue Straßen,
Gebäude, Fabriken
etc.), Dankbarkeit
Einsatzbereitschaft,
Hilfsbereitschaft

Übersättigung
Stillstand, Rückgang,
Selbstverständlichkeit,
Unausgeglichenheit,
Unzufriedenheit, Neid
Intoleranz, Aggression,
Haß

*Phasen gekennzeichnet
durch Einsatz"freude"
und Zielbewußtsein*

Krieg
Zerstörung,
gemeinsamer Feind,
gemeinsames Ziel,
Aufgabe, Solidarität,
Einsatzbereitschaft

Seite 1 von 5

2. Erläuterungen zum Modell

Kriege machen uns auf eine Art irgendwie glücklich, wohl jedenfalls danach. Vielleicht ist das auch der Grund, warum sie trotz aller *Nebenwirkungen noch immer so beliebt sind*.

Mit der Freude am Wiederaufbau und dem nachfolgenden Wohlstand verhält es sich wohl ein bißchen wie mit dem schönen Gefühl, das man hat, wenn man sich verletzt und der Schmerz dann langsam nachläßt.

Neulich habe ich mal so ganz naiv gedacht, man sollte vielleicht alle 50 Jahre unter staatlicher Aufsicht alles zerstören und danach gemeinsam wieder *richtig schick* aufbauen. Wir hätten dann den positiven Wiederaufbaueffekt ohne, daß dabei Menschen zu Schaden kommen.
Wie bei einem guten Gesellschaftsspiel müßten dann alle zurück an den Start (ohne vorher DM 4.000,- einzuziehen). Die Kommunisten in unserem Lande hätten sicher viel Freude an dem Modell, würden doch die Karten für alle neu gemischt.

Jeder, der mal Monopoly gespielt hat, kennt das Gefühl, wenn raus ist, daß ich weder die Schloßallee noch die Parkstraße ergattern kann.
An dieser Stelle ist klar, daß ich vom Spiel nicht mehr viel zu erwarten habe. Spätestens jetzt gibt man sich nicht mehr so richtig Mühe und hofft darauf, daß bald mal einer Sieger wird, damit endlich ein neues Spiel anfangen kann.

Im wirklichen Leben ist das nicht so einfach, da fangen nur nach dem Krieg alle gemeinsam wieder von vorne an.

Unsere Politiker könnten für jede staatlich beaufsichtigte Zerstörung einen schönen Plan ausarbeiten, gemeinsam überlegen, welche Kunstgegenstände z.B. vor der Zerstörung für die Nachwelt eingelagert werden, sie hätten damit eine echte Aufgabe. Speditionen, Abbruchunternehmer etc. hätten dann sicherlich Vollbeschäftigung zu melden. Das Geld für die Vorbereitung könnte dem Rüstungsetat entnommen werden, der ja dann nicht mehr gebraucht wird.

Als ich Manfred neulich am Strand von meinen Gedanken erzählte, meinte er, das Modell hätte einen Haken. Wenn die Menschen wüßten, daß in beispielsweise fünf Jahren die nächste staatliche Zerstörung stattfindet, würde ja keiner mehr etwas richtig aufbauen. Die Folge wäre wirtschaftlicher Stillstand, Unzufriedenheit und am Ende möglicherweise sogar Krieg (von den kleinen Problemen wie ungepflegte Vorgärten etc. mal ganz abgesehen). Ich muß zugeben, Manfred hat mich überzeugt; die Argumentation ist schlüssig.

Ich habe dann vorgeschlagen, die staatlich beaufsichtigte Zerstörung auszulosen wie z.B. die Lottozahlen am Samstag, die weiß ja auch keiner vorher.
Alternativ könnte man den Zeitpunkt an der Natur festmachen, die ja auch (noch) keiner beeinflussen kann. So könnte per Gesetz festgelegt werden, daß die nächste staatliche Zerstörung stattfindet, wenn an einem 27. Juni die Temperatur für mehr als 5 Stunden 25° C beträgt und die Luftfeuchtigkeit zu gleicher Zeit bei konstant 80% liegt.

Manfred mußte dazu nichts sagen. Daß das Quatsch ist, habe ich sehr schnell selbst gemerkt. Wenn wir die staatlich beaufsichtigte Zerstörung der Natur überlassen, könnte es ja passieren, daß wir durch einen *dummen Zufall* drei Jahre hintereinander eine staatlich beaufsichtigte Zerstörung bekommen, das wäre ja unbezahlbar.

Manfred meinte, es wäre doch einfacher, wenn die Menschen sich ändern und begreifen, daß ihnen Krieg nichts bringt. Da habe ich dann entgegengehalten, daß das nicht alle einsehen können oder vielleicht auch nicht wollen, und der Vorteil bei meinem Modell wäre doch, daß sie das auch nicht müssen, was doch viel einfacher wäre.

Manfred meinte dann noch, das könne alles sowieso nur funktionieren, wenn alle auf der Welt mitmachen würden, wir wären ja nach jeder Zerstörung sonst Entwicklungsland (ein Freund meinte, dann würden wir aus der EU endlich mal wieder mehr Geld erhalten, als wir einzahlen. Diese Anmerkung finde ich aber angesichts der Ernsthaftigkeit des Themas geschmacklos).

Außerdem sagte Manfred, fangen wir ja bei der staatlich beaufsichtigten Zerstörung auch nicht so richtig von null an. Mit dem Krieg rechnet ja keiner so richtig, mit der staatlich beaufsichtigten Zerstörung wäre das anders, da wüßte man ja, daß sie eines Tages kommt. Ein paar Gewitzte (Spekulanten) würden sich auf diesen Tag vorbereiten und Versicherungen gegen das Risiko der staatlich beaufsichtigten Zerstörung anbieten.

Seite 4 von 5

Die hohe Prämie dafür könnten aber nur die jetzt vermögenden Personen zahlen, und so würden nach der staatlich beaufsichtigten Zerstörung auch nicht alle wieder bei null anfangen. Die Situation wäre dann so, als ob man bei *Mensch ärgere dich nicht* neu anfängt, aber ein Mitspieler schon einen Spielstein im Haus hat. Fangen eigentlich nach einem Krieg alle von ganz vorne an ?

Daß mein Modell einen Haken hat, habe ich mir schon gedacht. Wenn das alles so einfach wäre, würde es ja auch längst schon keine Kriege mehr geben. So richtig gut finde ich den Gedanken an eine staatlich beaufsichtigte Zerstörung auch nicht. Wie bin ich eigentlich darauf gekommen ?

Im Moment haben wir ja so eine Zwischenlösung entwickelt, indem wir in anderen Ländern bei der Zerstörung mithelfen. Bei der späteren Wiederaufbauhilfe (Export) haben wir dann ja fast den gleichen Effekt. Vielleicht nicht unbedingt mit so viel Dankbarkeit im zerstörten Land, aber so ist das im Leben, man kann nicht alles haben...

22.05.1999

...nicht so dein Ding

Döner findest du klasse und Pizza ist dein Leibgericht.

Beim Chinesen feierst du Geburtstag und Hot-Dogs gibt's auf deinen Partys.

Im Sommer fliegst du nach Mallorca und im Winter geht's zum Skifahren in die Schweiz.

Du bist eigentlich offen für alles

nur Ausländer... die sind nicht so dein Ding.

28.12.1998

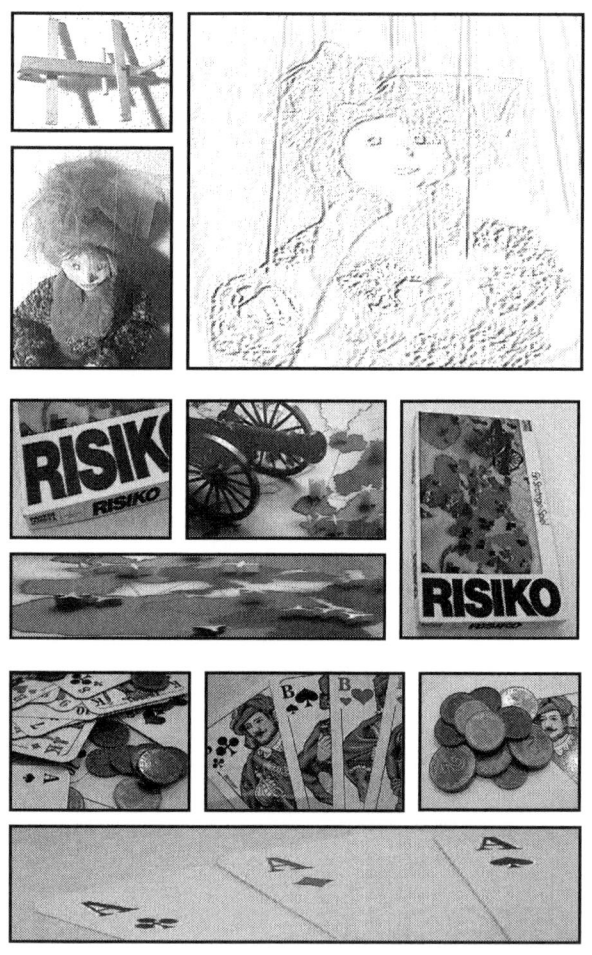

Was spielt ihr, wenn ihr Langeweile habt ?

Was macht ihr da oben im Himmel eigentlich ?

Spielt ihr
Marionettentheater,
und wenn einem
der Faden reißt,
war's das ?

         ... oder

                  spielt ihr dort
                  vielleicht Risiko
                  und jeder hat
                  einen Kontinent
                  als Farbe ?

         ... oder

spielt ihr öfter
Skat und wir sind
der 1/2 Pfennig ?

...anders kann ich mir das manchmal nicht erklären.

26.05.1999

Wo immer du auch bist

Nach einem schönen Abend mit alten Freunden kann ich nicht schlafen, liege wach in meinem Bett und denke an dich. Wir haben heute wieder über dich gesprochen, wie schön es war, als du noch bei uns warst.

Ich denke manchmal: "warum du und nicht ich?".
Wirst du vielleicht dort, wo du jetzt bist, für eine wichtige Aufgabe gebraucht?
Ich mag nicht glauben, daß die Reihenfolge, in der wir die Welt verlassen, willkürlich gestaltet ist.

Vielleicht ist es dort, wo du jetzt bist, so richtig klasse, und wir würden uns alle ärgern, daß wir nicht als erster fahren durften.

Nachdem du gegangen bist, haben wir zusammengesessen und uns gefragt, was wir aus deiner frühen Abreise lernen wollen. Wir haben uns vorgenommen, weniger klein und materiell zu denken und in dem Bewußtsein zu leben, daß auch unsere Abreise überraschend schnell auf uns zukommen kann. Dann wollen wir sagen können: "Bis hierhin war es gut, es hat Spaß gemacht".

Ich weiß nicht recht, was ich von dem Wort Wiedergeburt halten soll, bin aber sicher, daß wir uns eines Tages wiedersehen. Wenn das mit Wiedergeburt gemeint ist, glaub' ich an sie.

Bis dahin wünsche ich dir eine schöne Zeit, wo immer du auch bist....

28.12.1998

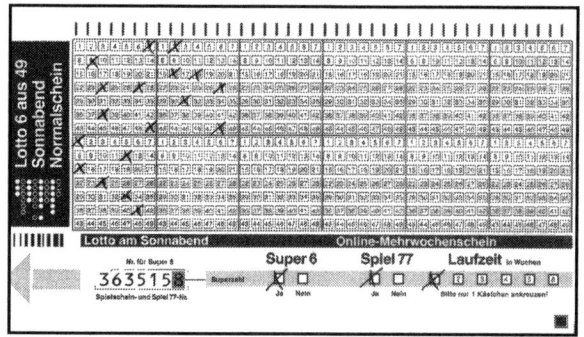

56

Gewinne Gewinne Gewinne

Immer wieder dabei sein

Immer wieder mitmachen

Gewinne Gewinne Gewinne

... sind a u c h dabei

ich genieße   ich genieße

ich verliere   ich aewinne   ich lebe -
                                      ...ziehe neue Lose

          ich hoffe

25.05.1999

Es gibt dich noch

Du sagst, du kannst nicht mehr zurück ? Mußt du wirklich immer weiter, geht es dir nicht schon gut genug ? Hast du nicht schon viel zu viel, um wirklich glücklich zu sein ?

Du wolltest immer mehr, dir und deinen Nächsten sollte es mal besser gehen. Jetzt geht es dir besser und du fühlst dich schlecht. Deine letzte Freude liegt im Weitermachen, du kannst nicht anders, und doch spürst du, daß tief in dir etwas nicht mehr will. Deine Sklaventreiber Höher, Weiter und Besser begraben deine Sehnsucht nach Ruhe, Entspannung und Liebe.

Unter Menschen fühlst du dich verlassen, niemand kann dich sehen. Dein Lachen ist Programm, deine Ehrlichkeit längst verkauft. Du hast gelernt, mit einem Lustspiel zu begeistern, wo innerlich nur noch Trostlosigkeit herrscht.

Im Tun findest du Ablenkung und beinahe so etwas wie Befriedigung; die Stille kannst du schon lange nicht mehr ertragen. In deiner Arbeit fühlst du dich sicher vor deinen Gefühlen und geheimen Wünschen. Du bist gründlich, stets korrekt und zuverlässig- selbst dein bester Mitarbeiter. Alles nimmst du in die Hand, keiner kann es besser als du, auf dich ist Verlaß. Du bist perfekt, du machst keine Fehler und läßt auch keine in deiner Gegenwart zu.

Du stehst deinen Mann, auf dich kann man sich immer verlassen. Träume spielen in deinem Leben schon lange keine Rolle mehr, für dich zählt die Realität. Du bist ein Mann, der mit beiden Beinen fest im Leben steht. Gefühle kannst du dir nicht leisten, wer Schwäche zeigt, gibt seine Menschlichkeit preis.

Seite 1 von 2

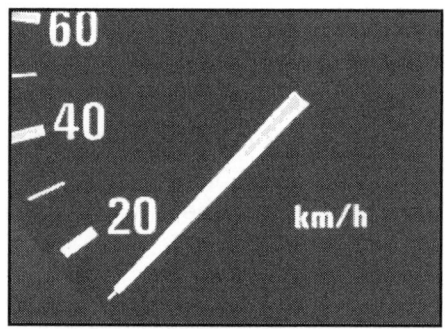

Du hast einen großen Namen. Wenn sie dich für deine Leistung loben, spürst du wie es sein könnte, geliebt zu werden. Doch wenn du mit dir alleine bist, spürst du Leere und Einsamkeit.

Deine Titel und Ehrenzeichen zollen dir Anerkennung, sind der Beweis für deine Beliebtheit. Sie wählen dich zu ihrem Sprecher, loben dein Engagement und geben dir das Gefühl von Freundschaft. Du selbst kannst nicht erkennen, wie sie dich als Galionsfigur benutzen. Süchtig nach einem Stückchen Liebe bietest du dich an.

Du bist nicht immer so gewesen. Früher warst du einer von den Verlierern, bis du es allen gezeigt hast. Die, die dich früher verlachten, haben heute ihr Haupt vor dir zu neigen. Du wolltest gewinnen, hast gesiegt und dich dabei verloren.

Für Freunde hast du schon lange keine Zeit mehr. Echte Freunde kosten wertvolle Zeit, die du nicht zu verschenken hast. Du hoffst auf den Tag, wo alles vorbei ist, wo du die Früchte deiner harten Arbeit genießen kannst, doch deine Angst vor dem Loslassen vernebelt dir die Erkenntnis, daß der Tag längst gekommen ist.

Du bist schwach und krank geworden, spürst, daß die Zeit, in der du anhäufen kannst, kürzer wird. Du erhöhst den Pulsschlag und merkst dabei nicht, daß du damit immer neue Garnisonen in einen hoffnungslosen Kampf führst, den du einmal selbst angezettelt hast.

Suche dich, finde dich, es gibt dich...noch...

15.12.1998

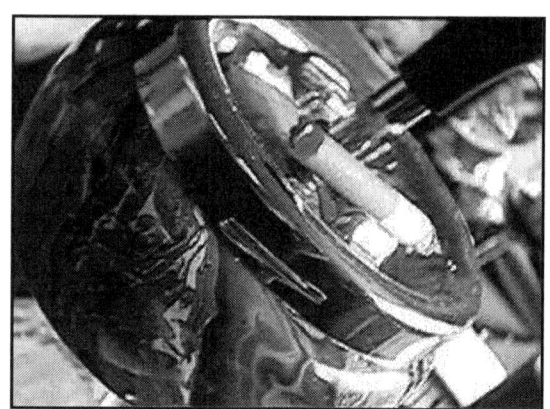

Ich rauche nicht mehr

Ich rauche ja nun schon lange nicht mehr, darum kann ich jetzt für Svenja auch mal eine anstecken. Als Fahrer ist das auf der Autobahn ja nicht ganz ungefährlich und als Beifahrer hab ich ja eh nichts vor.

Furchtbar, dieser bittere Geschmack. Ich frag mich, wie ich das mal gemocht haben konnte. Nun bin ich einmal mehr in meiner Überzeugung bestärkt worden, daß Rauchen nicht mein Ding ist; und weil ich das jetzt sicher weiß, kann ich ja aus Jux die eine heute mal paffen.

Ich bin sehr froh, daß ich nun weiß, daß ich mit dem Thema Rauchen endgültig durch bin. Da kann ich mir jetzt zum Wochenende ruhig mal aus Spaß eine Schachtel kaufen um dann vielleicht die ein oder andere zum Bierchen zu rauchen. Den Rest der Schachtel kann ich ja dann verschenken.

Ist doch eigentlich Quatsch, wenn ich die Schachtel jetzt verschenke, da kann ich sie doch lieber aufbewahren, falls am Wochenende mal wieder eine Party ist.

Reichlich albern von mir, mich selbst so auf das Wochenende zu beschränken. Ich bin doch erwachsen und wenn da am Mittwoch bei Bernds Geburtstag geraucht wird, warum soll ich dann nicht die ein oder andere schmöken, solange ich nicht wieder anfange, regelmäßig zu rauchen, ist das doch o.k..

Eins steht jedenfalls fest, zuhause wird nicht wieder geraucht; wobei ich neulich schon gedacht habe, daß das eigentlich ganz schön intolerant von mir ist, wenn Bernd und Rainer bei mir nach dem Essen nicht mal eine kurze Zigarette rauchen dürfen. Ich kann ja danach lüften und solange ich nur zuhause rauche, wenn ich Gäste habe, ist das ja auch nicht weiter tragisch.

Die Ausnahme ist da höchstens mal im Urlaub, da gibt's dann zur Feier des Tages mal eine nach dem Frühstück. Solange ich nicht wieder regelmäßig morgens, mittags und abends rauche, ist das ja keine Katastrophe. Ich habe grad' erst beim Friseur in einer Illustrierten gelesen, daß Ärzte sagen, bis zu 10 Zigaretten täglich müßte man sich gar keine Sorgen machen. Und im Auto rauche ich ja auch nicht, und wenn, dann nur auf langen Strecken oder wenn ich morgens mal zeitlich unter Druck bin.

Mein Schlafzimmer bleibt auf jeden Fall rauchfreie Zone, da rauche ich wirklich nur die eine vor dem Schlafen-gehen.

Solange ich noch mit einer Schachtel täglich auskomme, ist ja auch alles im grünen Bereich, denn regelmäßig rauchen werde ich nicht mehr, das hab' ich mir geschworen.

23.05.1999

Ein Mensch

Du bist nie in der Zeitung, und dein Bild klebt nicht an den Plakatwänden deiner Stadt.

Für deinen Einsatz wirst du nicht geehrt, eher verspotten sie dich für deine grenzenlose Hilfsbereitschaft.

Du klagst nicht über die Not, zündest jeden Tag ein Licht im Dunkeln an. Du tust, was du tun kannst und siehst die Welt, wie sie sein könnte.

Wer dir begegnet spürt deine Liebe gegenwärtig. Du versetzt keine Berge und baust keine Raumschiffe und doch bist du für mich Gott unendlich nah.

Auf dein Tun angesprochen, wiegelst du ab und sagst:

> "Ich tue was ich tun muß, ich bin das,
> was Gott geschaffen hat- ein Mensch"

Ich gehe weiter, denke nach und frage mich, was ich bin...

21.12.1998

Dir, meinem Freund, kann ich voll vertrauen.

Wenn ich dich nach deiner Meinung frage, ist die Antwort nicht immer wie ich sie gerne hören würde, doch wenn du mir zusprichst, weiß ich, du meinst es ernst.

Du bist wenig geduldig mit mir. Wenn du mit mir ins Gericht gehst, mir den Spiegel vorhältst, ist es für mich nicht immer einfach. Du bist ehrlich und geradeaus, schon oft hast du mich mit deiner Ehrlichkeit tief getroffen.

Du bist nicht immer für mich da, aber wenn du bei mir bist, dann ganz. Ich brauche dich auch nicht anzurufen, du spürst, wenn ich mich nach deiner Nähe sehne.

Mit dir kann ich streiten, brauche mich nicht zu entschuldigen für ein direktes Wort. Bei dir muß ich mich nicht verbiegen, du läßt mich sein so wie ich bin.

Du bietest mir keine billigen, einfachen Lösungen an, du schickst mich selbst auf die Suche, und läßt mich meine Wege finden.

In deinen Armen kann ich weinen, lachen, Kraft und Leben finden. Dir, meinem Freund, kann ich voll vertrauen.

10.05.1999

Schlußgedanken

Im Dezember 1998 habe ich meine Gedanken zum Leben das erste Mal aufgeschrieben, daraus wurde am Ende ein kleines Buch.

Nachdem es fertig war, habe ich mich gefragt, was denn nun damit geschehen soll. Zum einen empfand ich meine Texte zwar als sehr persönlich, zum anderen spürte ich aber einen starken inneren Wunsch, mit meinen Fragen und Gedanken auf andere Menschen zuzugehen. Weil ich nun auch neugierig war, was andere Menschen beim Lesen meiner Gedankentexte empfinden, habe ich damals mit einfachen Mitteln einige Buchexemplare hergestellt und an liebe Freunde verschenkt.

Die Aussagen und Bekenntnisse in den größtenteils sehr persönlichen Rückmeldungen haben mich ermutigt, dieses Gedankenbuch (und vielleicht noch viele andere mehr) zu gestalten. Für mich war es schön zu erfahren, daß ich mit meinen Fragen und Gedanken zum Leben nicht allein bin, wir uns wohl vielmehr alle die gleichen Fragen stellen, aber aus unterschiedlichen Gründen nicht darüber reden.

Für mich ist Schreiben eine Möglichkeit, meine Gedanken, was ich selbst erlebt oder in meiner Welt gesehen habe, zu verarbeiten. Ich wünsche mir, daß meine Worte bei Menschen ankommen, vielleicht sogar für Veränderung sorgen. Einen großen Teil unserer Welt können wir nicht verändern. In meinem Texten geht es meist um den veränderbaren Teil unseres Lebens, den wir selbst gestalten können.

72

Viele von uns haben als Kind voller Freude einen Wunschzettel an den Weihnachtsmann geschrieben, und vielleicht wußten wir schon als Kind, daß nicht alle Wünsche in Erfüllung gehen. Trotzdem hat es die meisten von uns nicht davon abgehalten, alle Wünsche aufzuschreiben und fest an sie zu glauben.

Vielleicht ist heute ein guter Tag, mit dem Wünschen wieder anzufangen. Die wirklich großen Wünsche kosten kein Geld...

..oft nur ein wenig Mut

05.12.1999

Wünsche

Wünsche

Wünsche

Autor

Dirk Schuhmacher
Email: Dirk.Schuhmacher@t-online.de
Homepage: http://www.dirk-schuhmacher.de
Meine aktuelle Postanschrift finden Sie auf meiner Homepage.

Bestellmöglichkeiten

❖ „Lachen Weinen Leben ...einen Schritt zurück nach vorn" ist
   im Buchhandel erhältlich (ISBN 3-89811-526-7)

Tip für Autoren

Dieses Buch ist in einem modernen Druckverfahren erstellt
worden. Die Firma Libri bietet die Möglichkeit, auch kleine
Auflagen kostengünstig zu erstellen. Das Buch liegt auf einem
Datenträger und wird bei Bestellung im Digitaldruckverfahren
hergestellt. Jedes Buch wird erst bei Bestellung gedruckt. Wer
mehr darüber wissen möchte, findet alles zu diesem Thema auf
der Internetseite www.bod.de.

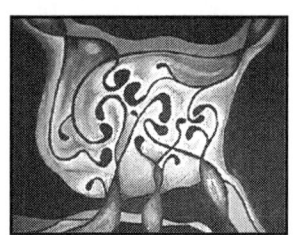

82

Foto & Bildnachweis (auszugsweise)

Herstellung: Libri Books on Demand